OS FEITIÇOS DO VIZINHO

Coleção HISTÓRIAS DO CORAÇÃO
Copyright © 2009
 Sonia Junqueira (história) e
 Mariângela Haddad (desenhos)

Concepção e edição geral
 Sonia Junqueira – T&S -Texto e Sistema Ltda.
Edição de arte
 Norma Sofia – NS Produção Editorial Ltda.
Revisão
 Marta Sampaio

AUTÊNTICA EDITORA LTDA.
Editora responsável
 Rejane Dias

BELO HORIZONTE
Rua Aimorés, 981 – 8º andar
Bairro Funcionários
30140-071 – Belo Horizonte – MG
Tel: (55 31) 3222 68 19

SÃO PAULO
Av. Paulista, 2073 . Conjunto Nacional
Horsa I . 11º andar . Conj. 1101
Cerqueira César . 01311-940 . São Paulo . SP
Tel.: (55 11) 3034 4468

Televendas: 0800 283 13 22
www.autenticaeditora.com.br

Todos os direitos reservados pela Autêntica Editora.
Nenhuma parte desta publicação poderá ser reproduzida,
seja por meios mecânicos, eletrônicos, seja via cópia
xerográfica, sem a autorização prévia da Editora.

Dados Internacionais de Catalogação na Publicação (CIP)
(Câmara Brasileira do Livro, SP, Brasil)

Junqueira, Sonia
 Os feitiços do vizinho / história Sonia
Junqueira ; Mariângela Haddad, desenhos. – 1 reimp. – Belo
Horizonte : Autêntica Editora, 2012. – (Histórias do Coração)

 ISBN 978-85-7526-408-9

 1. Literatura infanto-juvenil I. Haddad,
Mariângela. II. Título. III. Série.

09-05613   CDD-028.5

Índices para catálogo sistemático:
1. Literatura infanto-juvenil 028.5
2. Literatura juvenil 028.5

histórias do

OS FEITIÇOS
do vizinho

história
Sonia Junqueira   **Mariângela Haddad**
desenhos

autêntica

22